엄마의 마법 망원경

달빛문고 14

엄마의 마법 망원경

1판 1쇄 인쇄 2024년 11월 18일
1판 1쇄 발행 2024년 11월 25일

글 김은아
그림 김이조
펴낸곳 더공감
펴낸이 서재근
책임편집 강희나
디자인 김규림
홍보 마케팅 서영조
출판등록 제 2021-00046호
주소 충남 아산시 배방읍 광장로 177-10, 펜타폴리스 1동 718호
전화번호 0505-300-1569 | **팩스번호** 0505-333-1569
이메일 iumhouse@naver.com
ISBN 979-11-989351-5-1 (74800)
        978-89-966827-3-8 (set)

엄마의
마법 망원경

김은아 글 | 김이조 그림

아이윤
BOOKS

　엄마의 마법 망원경에 진정한 마침표를 찍으려면 작가의 마지막 말이 필요한데요.

　무슨 말을 해야 하나 고민하는데 왕태양 엄마에게서 연락이 왔어요. 친구들에게 하고 싶은 말이 있다면서 말이죠.

　그래서 작가의 말은 왕태양 엄마의 말로 대신할까 해요.

　"태양이가 초등학교에 입학하니깐 걱정되는 게 한두 개가 아니더라고요. 그때는 태양이를 안전하게 지키고 보호해야 한다는 생각밖에 없었어요. 그게 태양이를 위한 일인 줄만 알았던 거죠. 변명하는 거냐고요? 그건 아니고요, 그냥 그렇다고요. 저도 엄마가 처음이었거든요……."

　친구들 눈치챘나요?

4

이 이야기는 어린이들에게 보내는 처음이라 서툰 어른의 반성문입니다.

부디 용서해 주길. 🙏

반성문에 같이 공감해 주신 강희나 편집장님, 마법처럼 글에 생명력을 넣어 주신 김이조 그림 작가님, 예쁘게 책을 만들어 주신 김규림 편집디자이너님 감사드립니다.

2024년 뜨거웠던 여름을 그리워하며……

김은아

차 례

엄마가 보고 있다

학교를 마친 왕태양이 학원으로 갈 때였어요.

"태양아, 같이 모래놀이 하자."

구소라가 모래 놀이터에서 손짓했어요. 그 옆에는 정유찬도 있었지요. 구소라와 정유찬은 실내화에 모래를 가득 담아서 구불구불한 모래 언덕을 누비며 노는 중이었어요. 모래놀이는 왕태양이 가장 좋아하는 놀이예요. 고운 모래가 손가락 사이사이로 부서지듯 빠져나가면 희한하게도 짜릿한 기분이 들었어요.

그런데 왕태양은 곧장 달려가지 않고 멈칫거렸어요. 아침에 들은 엄마의 잔소리가 발걸음을 붙잡아 세운 거예요.

"요즘 전염병도 돌고 학교 주변에 수상한 사람들이 많다니까 바로 학원으로 가. 알았지?"

하지만 왕태양을 말릴 수는 없었어요. 왕태양은 노는 거라면 자다가도 벌떡 일어나니까요. 게다가 친구들은 노는데 왕태양만 놀지 못하는 건 꽤 억울한 일이

었죠.

왕태양은 눈치를 살피다 후다닥 나무 뒤에 몸을 숨겼어요. 그러곤 빼꼼히 고개를 내밀었어요. 다행히 이상한 낌새는 없었어요. 깨금발로 살금살금 화단 풀숲을 지나서 벤치 뒤에 웅크렸어요. 왕태양의 까만 눈동자가 벤치 등받이 위에서 요리조리 움직였어요. 여기까지는 성공이에요.

"태양아, 그건 또 무슨 놀이야?"

책가방을 메고 엉금엉금 기어 오는 왕태양에게 구소라가 물었어요. 엉뚱한 행동 때문에 엄마에게는 '못 말려!' 소리를 듣는 왕태양이지만 친구들 사이에서는 '왕태양 따라 하기!'가 있을 정도로 같이 놀면 즐거운 친구예요.

정유찬이 입술에 손가락을 갖다 대며 소곤거렸어요.

"조용히 해. 태양이 엄마한테 들키면 어쩌려고!"

구소라가 되물었어요.

"태양이 엄마 오늘 회사 안 가셨어?"

왕태양, 구소라, 정유찬은 네 살 때 어린이집에서 만나 인생의 반을 같이 보낸 친구예요. 물론 엄마들끼리도 잘 알지요.

왕태양 엄마를 찾으려 엉거주춤 일어서는 구소라 옷자락을 정유찬이 잡아당겼어요.

"그게 아니라 태양이 엄마가 회사에서 마법 망원경으로 태양이를 보고 있단 말이야."

"마법 망원경?"

구소라가 의아한 표정으로 물었어요. 책가방을 내팽개치듯 던진 왕태양이 모래밭 안에 발을 담그며 대답했어요.

"궁금한 곳은 어디든지 볼 수 있는 망원경인데 그걸로 내가 어디서 뭘 하는지 시시콜콜 감시한다니까."

운동화가 모래 속으로 푹 빠져들었어요. 폭신폭신한 모래가 왕태양 발을 감쌌지요.

구소라가 어이없다는 표정으로 말했어요.

"열 살이나 먹었으면서 그걸 믿니? 마법 망원경, 그런 게 어딨어!"

왕태양이 억울해하며 대답했어요.

"우리 엄마 망원경 만드는 회사 다니잖아. 엄마 회사에 있대."

구소라는 손으로 이마를 짚으며 고개를 절레절레 흔들었어요. 드라마에 나오는 배우처럼요.

"후, 태양이는 그렇다 쳐. 어려운 수학 문제도 척척 푸는 유찬이 너까지 어른들 거짓말에 속다니. 이런 맙소사!"

구소라 말에 왕태양은 속이 터졌어요. 마법 망원경이 있다고 하면 다들 구소라처럼 말했으니까요. 그래도 정유찬이 있어서 다행이었어요.

"진짜야. 엄마들 몰래 태양이랑 인형 뽑기 하다 마

법 망원경에 걸려서 엄청나게 혼났잖아. 그때 우리 엄마가 그랬어. 태양이 엄마의 마법 망원경 아니면 몰랐을 거라고.”

구소라는 그래도 믿지 못하겠는지 탐정처럼 꼬치꼬치 물었어요.

“그럼, 너 그 마법 망원경 실제로 봤어?”

사실 왕태양 눈으로 본 적은 없어요. 하지만 있는 건 분명했죠.

“엄마 말이 애들이 마법 망원경을 사용하면 까맣게 보인데. 어른들 눈에만 보인다더라.”

구소라는 그럼 그렇지 하는 표정이에요.

“봐봐, 그러니까 거짓말인 거야! 있으면 왜 안 보여 주겠…….”

그때였어요.

띠리리리 띠리리리 띠리리리…….

왕태양 스마트폰에서 벨이 울렸어요. 흠칫 놀란 구

소라는 얼음이 되었어요. 정유찬은 침을 꼴깍 삼키고 왕태양 입만 바라봤지요. 스마트폰을 확인한 왕태양은 이맛살을 찌푸렸어요. 숨어 봤자 엄마 손바닥 안이니까요.

전화벨 소리는 멈출 줄을 모르고 끈질기게 울렸어요. 마치 '못 놀아! 못 놀아!'라고 약 올리는 것만 같았어요.

왕태양이 통화 버튼을 누르자 스피커폰을 통해 엄

마 목소리가 흘러나왔어요.

"왕태양, 놀이터에서 뭐 하니?"

구소라 눈이 튀어나올 듯 커지고 입이 딱 벌어졌어요. 정유찬은 간만에 턱을 치켜들었지요. 왕태양은 부루퉁하게 입술을 내밀며 말했어요.

"잠깐만 놀다 갈게. 소라랑 해찬이도 있단 말이야."

"왕태양! 엄마가 아침에 한 말 잊었어? 엉뚱한 행동 말고 어서 학원으로 가."

엄마는 왕태양이 학원으로 왜 가야 하는지,
엄마 말을 안 들으면 어떻게 되는지 다다다
잔소리했어요. 어쩌다 보니 구소라와 정유찬도 왕
태양 엄마의 잔소리를 같이 들었지요. 덩달아 혼이 나
는 기분이었어요.

잔소리가 1절을 지나 2절 중반쯤 흘렀을 때였어요.
누군가 엄마를 부르는 목소리가 스마트폰 너머로 들

렸어요.

"엄마가 마법 망원경으로 확인할 거니까 바로 학원으로 가, 알았지? 끊어!"

엄마는 왕태양 대답도 듣지 않고 전화를 뚝 끊었어요. 왕태양은 엄마에게 화가 났어요. 친구들 앞에서 이건 좀 아니잖아요. 왕태양은 스마트폰이 엄마라도 되는 양 소리쳤어요.

"싫어! 안 가. 나도 놀 거라고!"

그런데 구소라가 슬금슬금 뒷걸음질을 치며 가방을 주섬주섬 챙겼어요. 왕태양이 의아한 눈빛을 보내자 구소라가 입술을 깨물며 대답했어요.

"태양아, 너랑 있으면 나도 감시당하는 거잖아. 그런 기분은 영 별로야."

구소라는 눈을 치뜨고 하늘을 한 번 올려다본 후, 신발주머니로 얼굴을 가리고 달음박질쳤어요. 옆에서 어쩔 줄 몰라 하던 정유찬도 스리슬쩍 가방을 뗐어요.

"왕태양, 미안."

모래밭에는 왕태양만 덩그러니 남았어요. 왕태양은 친구들을 원망하고 싶지 않았어요. 이 모든 게 엄마의 마법 망원경 때문에 생긴 일이니까요.

왕태양도 모래밭을 나와 태권도 학원으로 향했어요. 신발 속으로 들어간 모래가 꿈틀거리며 왕태양을 괴롭혔어요. 왕태양은 땅이 꺼져라 발을 쿵쾅댔어요. 가방에 달린 스마일 인형도 덩달아 쿵쾅거렸지요.

엄마는 뉴스만 보면 '세상에 이런 일이' 하며 한숨을
짓곤 했어요. 왕태양이 초등학교에 입학한 뒤로는 태
양이의 안전에 대해 걱정이 더 심해졌지요. 그러더니
언젠가부터 엄마는 마법 망원경으로 왕태양을 지켜보
기 시작했어요. 하늘에서 내려다보는 것처럼요.

왕태양도 처음에는 마법 망원경이 있다는 엄마 말
을 믿지는 않았어요. 그런 건 책이나 영화 속에서 있
는 거로 생각했거든요. 왕태양 눈으로 직접 봐야 믿을

수 있을 것 같았어요.

"엄마, 마법 망원경 나도 보여 줘."

그때 차곡차곡 빨래를 개고 있던 엄마가 왕태양을 흘깃 쳐다봤어요.

"어차피 봐 봤자 애들 눈에는 까맣게만 보여. 어른들 눈에만 보이는 마법 망원경이라니까."

"에이, 거짓말이지? 오늘 있었던 일 한 가지만 말해 봐. 그럼, 엄마 말 믿을게!"

왕태양은 엄마를 시험해 보려고 큰소리를 쳤어요.

"오늘? 음…… 여러 가지가 있었는데……."

엄마가 골똘히 생각하더니 입을 열었어요.

"태양이 학교에서 화장실 가서 오줌 누고……."

왕태양 눈이 튀어나올 듯 커다래졌어요.

"손 안 닦았잖아. 그래? 안 그래?"

엄마가 눈을 흘기며 왕태양을 다그쳤어요. 왕태양이 뒷머리를 긁적이며 우물거렸어요.

"그게 내가 씻으려고 했는데 종이 쳐서."

엄마 얼굴이 개지 못한 빨래처럼 쭈글쭈글해지더니 버럭 화를 냈어요.

"엄마가 말했지? 볼일 보면 손부터 씻으라고. 엄마 말 들을 거야? 안 들을 거야?"

"들을 거야……."

왕태양은 개미가 기어가는 목소리로 겨우 대답했어요. 마법 망원경이 진짜 있을 줄이야, 세상에 정말 이런 일이. 사실 마법 망원경을 더 믿게 된 결정적인 사건은 따로 있었어요.

그날은 먹구름이 태양을 가린 잔뜩 흐렸던 날이었어요. 엄마가 퇴근하고 집으로 돌아왔어요. 낮에 있었던 일로 왕태양은 여전히 기분이 좋지 않았어요. 부루퉁하게 입술을 내밀고 엄마를 못 본 척했어요.

그런데 엄마는 이런 왕태양의 마음을 알아주기는커

녕 눈을 흘겼어요.

"왕태양! 엄마 다 봤어. 학교에서 그러면 안 된다고
했지?"

엄마의 으름장에 왕태양 어깨가 괜스레 움찔거렸어
요. 엄마가 뭐 때문에 화를 내는지도 모르면서요. 엄
마가 하지 말라는 건 셀 수 없이 많은 데다 그걸 다 지
킬 수는 없는 노릇이니까요.

"실내화를 왜 던져? 교장 선생님 넘어지셨잖아!"

앗, 왕태양은 엄마가 마법 망원경으로 진짜 보지 않
고서야 그 일을 알 리 없다고 생각했어요. 그 사건의
시작은 이랬어요.

점심시간이었어요. 왕태양, 구소라, 정유찬은 크
고 작은 나무가 심어진 화단 옆에서 실내화 멀리 던지
기 놀이를 했어요. 실내화를 발에 끼워서 누가 더 멀
리 보내나 시합하는 거예요. 구소라 실내화는 휘리릭
날아가 멀찌감치 떨어졌어요. 다음은 정유찬이 실내

화를 날렸어요. 엎어지면 코 닿을 거리에 툭 떨어졌지
요. 드디어 왕태양 순서가 되었어요. 구소라보다 더
멀리 날리기 위해 다리를 위로 쭉 뻗어 올렸지요. 왕
태양 실내화는 공중으로 높이 날아올랐어요. 공중에
서 빙글빙글 돌며 솟아오르더니 그만 우뚝 선 나뭇가
지 사이에 걸려 버렸어요.

"내 실내화!"

왕태양이 소리쳤어요. 구소라도 말을 보탰어요.

"맙소사!"

아이들이 놀라워하는 사이 정유찬은 실내화를 어떻
게 꺼낼지 고민했어요. 하지만 뾰족한 방법을 찾지는
못했어요.

목을 한껏 젖히고 나무 꼭대기를 올려다보던 왕태
양이 말했어요.

"실내화로 맞춰서 떨어트리자."

이제는 멀리가 아닌 높이 던지기가 되었어요. 하지

만 실내화는 쉽사리 떨어지지 않았어요.

여러 번의 시도 끝에 드디어 왕태양이 나뭇가지에 걸린 실내화를 맞췄어요. 실내화 두 짝이 땅으로 떨어졌지요.

그런데 이게 웬일이에요? 때마침 교장 선생님이 그 밑을 지나가고 있었어요.

"아이코!"

놀란 교장 선생님이 엉덩방아를 찧었어요. 실내화 한 짝은 교장 선생님 머리를 맞고 튕겨 나갔고 또 다른 한 짝은 꼬불거리는 회색빛 파마머리 위로 툭 떨어졌어요. 마치 실내화를 품은 새 둥지 같았지요.

교장 선생님이 삐뚜름하게 걸린 안경을 추켜올리며 아이들을 쳐다봤어요. 금방이라도 "네 이놈!"하고 고함칠 것 같았어요. 왕태양이 기어들어 가는 목소리로 말했어요.

"잘못했습니다!"

구소라와 정유찬도 고개를 숙였어요. 같이 놀다 벌어진 일이니 왕태양 잘못만은 아니니까요.

"요 녀석들."

　교장 선생님이 눈을 흘기는가 싶더니 빙그레 웃었어요. 그러고는 왕태양의 머리를 장난스럽게 흐트리더니 실내화를 돌려주셨지요.

　점심시간이 끝나고 교실로 돌아가자 담임선생님이 왕태양, 구소라, 정유찬을 불렀어요. 셋은 꾸지람을 들었고 '다시는 실내화를 던지지 않겠습니다.'라고 반성문도 써야 했어요. 교장 선생님이 용서해 주셨는데 말이에요.

　엄마가 붉으락푸르락해진 얼굴로 말했어요.

"넘어지셔서 다치기라도 했으면 어쩔 뻔했어?"

"안 다치셨어, 뭐!"

　엄마가 큰 눈을 부라리며 말했어요.

"뭐라고? 그럼, 네가 잘했다는 거야?"

"치, 왜 맨날 나만 보고 있는 건데……."

왕태양이 투덜거려 봤지만 돌아오는 건 엄마의 벼락같은 호통이었어요.

늘 이런 식으로 왕태양은 혼이 났어요. 친구랑 티격태격 한 일부터 떠들다 선생님한테 혼난 일, 하다못해 콧구멍 후빈 일까지 모두 다요.

이쯤 되니 왕태양은 엄마의 마법 망원경을 믿게 되었어요. 하지만 자신의 안전을 위한 게 맞는지 의심이 들었어요. 엄마의 따가운 눈초리가 왕태양을 콕콕 찔러댔으니까요.

마법 망원경의 비밀

왕태양이 학원을 마치고 집으로 가는 길이에요. 보통 때는 날듯이 뛰어가는데 오늘은 터덜터덜 걸었어요. 왜냐하면 학교에서 구소라, 정유찬과 한마디 말도 하지 않았거든요. 가슴이 뻥 뚫린 것처럼 허전하고 쓸쓸했어요.

걷다 보니 모래 놀이터였어요. 왕태양 발걸음이 저절로 이쪽으로 온 거예요. 구소라와 정유찬이 보였어요. 왕태양은 친구들을 부르고 싶었지만 그만뒀어요.

감시당하는 건 왕태양 혼자로도 충분하니까요. 왕태양 때문에 친구들까지 덤으로 혼나게 하기 싫었어요. 왕태양은 혼자 중얼거렸어요.

"마법 망원경 감옥에서 탈출만 해봐. 아무도 못 말릴 정도로 신나게 놀 테니까."

그러고는 조용히 발길을 돌렸지요.

구소라와 정유찬은 말없이 모래만 만지작거렸어요. 재밌지도, 즐겁지도 않았어요. 정유찬이 구소라의 기분을 살피며 물었어요.

"우리 모래성 쌓을까?"

구소라가 시들하게 고개를 끄덕였어요. 정유찬은 주변의 모래를 긁어모아 성벽을 쌓았어요. 모래가 부서지지 않게 꾹꾹 눌러 단단하게 벽을 세웠지요.

"이러면 절대 못 빠져나가."

정유찬이 모래성의 제일 높은 곳을 매만지며 말을 이었어요.

"여기는 감시하는 곳이야. 어디든 다 보여. 죄수들이 도망가지 못하게 감시해야 해."

모래만 쥐었다 폈다 하던 구소라가 한참 만에 입을 뗐어요.

"유찬아, 감시당하면 무섭고 싫겠다. 기분도 나쁠 거야."

정유찬이 대답했어요.

"그렇지. 그런데 잘못했으니까 어쩔 수 없는 거야."

"태양이가 무슨 잘못을 했는데?"

구소라의 뜬금없는 말에 바쁘게 움직이던 정유찬 손이 공중에서 멈췄어요. 정유찬은 성벽을 와그르르 무너트렸어요.

구소라가 벌떡 일어났어요. 모래가 후드득 떨어졌지요.

"태양인 잘못이 없어. 몰래 지켜보고 감시하는 게 나빠!"

정유찬도 맞장구를 쳤어요.

"우리가 왕태양이랑 놀지 말아야 할 이유는 없어. 그렇지?"

구소라와 정유찬 얼굴이 환해졌어요. 왕태양과 다시 놀 수 있으니까요. 모래놀이는 왕태양과 함께할 때 진짜 재밌는 법이죠. 두 사람은 누가 먼저랄 것도 없이 왕태양에게 뛰어갔어요.

가방을 메고 힘없이 걸어가는 왕태양이 보였어요. 뒷모습에도 표정이 있어서 왕태양이 얼마나 속상한지 다 알 수 있어요. 구소라와 정유찬이 왕태양을 불렀어요.

"태양아, 왕태양!"

신기한 건 말이죠, 자신의 이름을 부르는 친구들 목

소리만으로도 힘이 불끈 생긴다는 거예요.

　왕태양은 뒤를 돌아봤어요. 구소라와 정유찬이 헐
레벌떡 뛰어오고 있었어요.

　구소라가 숨을 몰아쉬며 말했어요.

　"태양아, 어제는 미안했어. 네 잘못도 아닌데 내가
너무 심했어."

정유찬도 머리를 긁적이며 사과했어요.

"엄마한테 혼나기 싫어서 나도 모르게 그만……."

왕태양은 구소라와 정유찬을 화난 얼굴로 빤히 쳐다봤어요. 사실은 일부러 토라진 척하는 거예요. 놀려 주려고요. 그런데 얼마 안 가 왕태양이 먼저 웃음을 터트렸어요. 그제야 구소라와 정유찬도 함께 웃었어요. 하루가 멀다 하게 싸우고 토라졌지만, 친구가 아닌 적은 없었어요. 함께 눈을 맞추고 웃으면 모든 게 풀렸어요.

왕태양, 구소라, 정유찬이 모래 놀이터에 다시 모여 앉았어요. 잘못된 일은 꼭 따져야 직성이 풀리는 구소라가 불만을 터트렸어요.

"우린 죄수가 아니고 어린이잖아. 그러니 보호받아야 해. 감시당하는 게 아니라."

왕태양이 시무룩하게 말했어요.

"마법 망원경이 없어졌으면 좋겠어.

구소라가 목소리를 높였어요.

"그럼, 마법 망원경을 없애 버리면 되겠네."

"엄마 회사에 있는 걸 어떻게 없애?"

"이제부터 생각해 봐야지."

구소라의 싱거운 대답에 왕태양 어깨가 더 축 늘어졌어요. 구소라는 멋쩍어하며 정유찬에게 물었어요.

"유찬아, 너 척척박사잖아. 무슨 방법 없겠어?"

정유찬은 잠깐 생각하더니 고개를 가로저었어요.

"난 정답이 있는 문제만 풀어서 이런 문제는 잘 못 풀어."

구소라가 안타깝다는 투로 말했어요.

"맙소사! 너희 엄마가 알면 충격 좀 받으시겠다."

그때였어요.

"언니, 오빠들, 같이 놀아!"

구소라 동생 구보라가 아이들을 보고는 달려왔어요. 구소라가 손을 휘저으며 말했어요.

"지금은 안 돼. 언니, 오빠 중요한 얘기 중이야. 집
에 가 있어."

"싫어. 나 오빠들이랑 모래놀이하고 싶단 말이야."

구소라가 하는 수 없다는 표정으로 일어섰어요.

"우리가 다른 데로 가자."

왕태양과 정유찬도 가방을 챙겨 들었어요. 그때 구

보라 눈에 스마일 인형이 들어왔어요. 구보라가 아이들에게 소리쳤어요.

"흥, 나만 따돌리고 가봤자 소용없어. 언니, 오빠들 어디 있는지 다 알 수 있으니까."

구소라가 비아냥거렸어요.

"네가 어떻게 아냐?"

구보라도 지지 않고 말했어요.

"알 수 있거든. 스마일 인형 있으면 언니랑 오빠 어디 있는지 다 알 수 있어! 다래한테 물어보면 돼!"

아이들은 서로 눈짓을 주고받았어요. 구소라가 구보라를 달래며 물었어요.

"다래? 그게 누군데?"

구보라가 콧김을 내뿜으며 대답했어요.

"유치원 같은 반 친구. 다래도 스마일 인형 있어. 그거 있어서 다래 엄마는 다래가 어딨는지 다 안대."

아이들 시선이 스마일 인형에 닿았어요. 왕태양은

머리가 띵해졌어요. 축구공에 한 대 얻어맞은 느낌이었죠. 구소라가 속닥였어요.

"마법 망원경이 혹시 스마일 인형? 그걸로 네 위치를 알 수 있었던 거 아닐까?"

왕태양이 굳은 표정으로 말했어요.

"시험해 보자!"

아이들은 가까운 학교 도서관으로 갔어요. 그리고 스마일 인형이 달린 가방을 의자에 두고 나왔어요.

왕태양 심장이 쿵쾅쿵쾅 방망이질해 댔어요. 구소라와 정유찬은 마른침을 꼴깍 삼켰지요.

아이들은 천천히 교문을 나와 모 래 놀이터로 갔어요. 진짜로 마법 망원경이 있다면 엄마는 왕태양이

어디에 있는지 알 거예요. 잠시 뒤 엄마에게 전화가
왔어요.

　"왕태양, 이 시간에 학교는 왜 다시 간 건데?"

　"……."

　"왕태양? 설마…… 너 무슨 사고 쳤어?"

왕태양은 놀라서 말이 나오지 않았어요. 구소라가 옆구리를 쿡쿡 찔렀어요. 왕태양은 겨우 대답했어요.

"아, 아냐. 도서관에 보고 싶은 책이 있어서. 끊어."

왕태양은 부랴부랴 전화를 끊었어요.

"맙소사!"

구소라는 입을 다물지 못했어요. 왕태양만큼이나 마법 망원경을 철석같이 믿고 있었던 정유찬이 씩씩거리며 말했어요.

"왕태양 엄마 너무해!"

그러나 지금 누구보다 화가 난 건 왕태양이었어요. 화가 폭발해서 눈물이 날 지경이었지요. 스마일 인형이 뭔지도 모르고 달고 다녔다니! 엄마에게 속은 것이 억울하고 분했어요. 왕태양은 당장이라도 엄마에게 따지고 싶었지만, 꾹 참았어요. 엄마는 분명 왕태양을 위한 거였다고 변명할 테니까요.

"어떻게 이럴 수가 있지! 나 절대 못 참아!"

왕태양은 이를 바드득 바드득 갈았어요.

"소라야, 유찬아. 이거 비밀이야. 알았지?"

그러고는 가방을 가지러 다시 학교로 돌아갔어요.

진짜? 진짜!

구소라는 구보라와 놀아 주지 않은 일로 엄마에게 불려 갔어요. 정유찬 또한 영재 학원에 가야 해서 셋은 학교 앞에서 헤어졌어요.

왕태양은 혼자 모래 놀이터로 갔어요. 아무도 없었어요. 왕태양뿐이었죠. 왕태양은 터벅터벅 모래밭으로 들어가 내팽개치듯 가방을 떨어트렸어요. 그러곤 풀썩 주저앉았어요.

가방에 달린 스마일 인형이 눈에 들어왔어요. 해맑

게 웃는 모습이 영 밉살스럽게만 보였죠. 왕태양은 스마일 인형을 한 대 콕 쥐어박았어요.

그때였어요. 거센 회오리바람이 모래 놀이터를 휘저었어요. 까끌까끌한 모래가 바람에 일어 자우룩했지요. 눈이 따가워진 왕태양은 팔로 눈을 가렸어요. 바람은 신기하게도 금세 잠잠해졌어요.

왕태양은 슬그머니 팔을 내리고 눈을 떴어요. 모래 놀이터는 바람이 언제 불었냐 싶게 고요했어요.

"퉤퉤퉤."

입에 들어간 모래를 뱉어내던 왕태양 눈이 동그랗게 켜졌어요. 발밑이 움푹 파여 있었으니까요. 언젠가 함정을 만들겠다고 구소라, 정유찬과 함께 모래밭에 구덩이를 판 적이 있었는데, 셋이서도 이 정도로 팔 수는 없었어요. 손으로는 절대 안 되고, 단단한 꽃삽이라면 가능할지도 모르겠어요.

왕태양은 모래를 더 파 내려갔어요. 집에 가기 싫었

는데 잘됐다 싶었지요. 얼마쯤 더 파내자, 손가락 끝에 딱딱한 게 닿았어요. 궁금해진 왕태양은 손을 더 바삐 움직였어요. 모래를 걷어내자, 검은색의 무언가가 보였어요. 자세히 보니 망원경의 윗부분이었어요. 왕태양은 이런 게 왜 여기 있을까 생각하며 밭에서 무를 뽑을 때처럼 망원경을 힘주어 잡아당겼어요. 하지만 망원경은 반쯤 파묻혀 뽑히지 않았어요. 왕태양 힘으로는 어림도 없었지요.

"제발, 제발, 제발 나와라!"

절대 뽑히지 않을 것 같던 망원경이 쑥 따라 나왔어요. 망원경은 오랫동안 모래 속에 있었는지 빛도 바래고 긁힌 자극이 가득했어요.

왕태양은 렌즈를 들여다봤어요. 검은 도화지를 눈에 댄 것처럼 아무것도 보이지 않았어요. 이렇게도 해보고 저렇게도 해봤지만 마찬가지였어요.

왕태양은 한숨을 푹 내쉬었어요. 입김에 모래가 공

중으로 흩날리듯 싶더니 무지갯빛으로 반짝였어요. 그러곤 살포시 내려앉아 망원경을 감싸 안았어요. 넋을 잃고 바라보던 왕태양 손바닥이 간질거리기 시작했어요. 그 느낌은 찌릿찌릿으로 바뀌더니 온몸으로 쫙 퍼졌지요. 예사롭지 않은 마법의 기운이 느껴졌어요.

왕태양은 무언가에 이끌리듯 망원경을 다시 눈에 가져다 대었어요. 방금까지는 깜깜해서 아무것도 보이지 않았는데 이번에는 하얀 솜뭉치 같은 것이 보였어요. 솜뭉치가 뭉게뭉게 피어나더니 빠르게 움직였어요. 솜뭉치가 걷히자 희끄무레한 것들 사이로 무언가가 보였어요.

하늘 위에서 아래를 내려다보는 풍경이었어요. 하얀 솜뭉치는 구름이었고요. 구름이 사라지자, 망원경 속의 세상이 한눈에 들어왔어요.

언젠가 생일에 갔었던 타워 전망대에서 서울 시내를 내려다보던 모습과 비슷했어요. 아찔한 기분이 느

껴졌어요. 촘촘한 빌딩 숲 사이로 달리는 자동차는 마치 개미 떼 같았어요. 사람들 모습은 너무 작아서 아예 보이지도 않았어요.

그런데 손톱만 했던 빌딩이 점점 더 커지면서 가까이 보이기 시작했어요. 카메라로 멀리 있는 것을 당겨 찍을 때 쓰는 '줌' 기능처럼 말이죠. 속도는 더 빨라져 롤러코스터를 탔을 때처럼 질주했어요. 금방이라도 빌딩 유리창에 부딪힐 것만 같았어요. 왕태양은 저도 모르게 눈을 질끈 감아 버렸어요.

잠시 뒤, 조심스레 눈을 떴어요. 주위를 둘러보니 학교 운동장만큼 큰 공간에 칸막이가 있는 책상이 줄지어 가득 차 있었지요. 텔레비전에서 보았던 사무실 같았어요. 전화를 받는 사람도 있고, 컴퓨터 앞에서 열심히 자판을 두드리는 사람도 있었어요. 종이 뭉치를 들고 걸어오는 사람이 보였어요.

왕태양은 자세히 보려고 망원경을 눈에 더 가져다

대었어요. 망원경이 눈 주위를 꾹 눌렀지요. 그 사람은 바로…… 엄마였어요!

왕태양은 꿈인가 싶어 볼을 꼬집어 봤어요. 볼이 얼얼한 걸 보니 꿈은 아니었어요. 왕태양은 신기해하며 망원경을 눈에 댔어요.

"도대체 어딨는 거니?"

익숙한 엄마 목소리에 왕태양은 불에 덴 듯 놀라 망원경을 떨어트렸어요. 엄마에게 들켰구나 싶었던 거죠. 왕태양은 고개를 갸웃대다가 다시 망원경으로 엄마를 보기 시작했어요. 엄마는 책상 위에 놓인 서류 더미를 뒤적이고 있었어요.

"도대체 이걸 어디에다 둔 거야."

오호라, 이제야 알겠어요. 이 망원경은 소리까지 들리는 거예요. 왕태양은 신기해서 망원경을 눈에 댔다 떼었다 했어요. 소리가 들렸다 안 들렸다 했지요.

"휴! 찾았다."

엄마가 종이 뭉치를 들고 활짝 웃었어요. 중요한 걸
찾은 모양이에요.

"뭘 찾았는데?"

왕태양도 잘 아는 민경 이모였어요. 민경 이모는 엄
마의 회사 친구예요.

"회의할 때 필요한 자료. 요즘은 이렇게 깜빡깜빡한
다니까."

엄마와 민경 이모는 커피를 마시며 이야기를 나눴
어요.

"태양이는 잘 지내?"

민경 이모가 왕태양 이름을 꺼냈어요. 엄마가 웃음
을 참으며 말했어요.

"쿡쿡, 태양이 요즘 내 손바닥 안이야."

엄마가 손바닥을 펴 보이며 말했어요. 민경 이모는
의아한 표정을 지었어요.

"내가 마법 망원경으로 다 보고 있다고 말했거든."

"뭐? 태양이가 그 거짓말을 믿는단 말이야?"

"처음엔 안 믿었었는데 학교에서 있었던 일이랑 지금 어디에 있는지까지 다 알고 있으니까 믿더라."

"그건 어떻게 알았는데?"

"스마일 인형이라고 아이들 위치 추적하는 거 달아 줬어. 위치를 꽤 자세히 알려 줘. 학교에서 있었던 일은⋯⋯."

때마침 스마트폰의 벨 소리가 울렸어요. 그 바람에 엄마와 민경 이모의 대화는 끝이 났지요.

왕태양은 화를 참지 못하고 씨근덕거렸어요. 마법 망원경 때문에 놀지도 못하고 덤으로 혼난 일이 머릿속에 떠올랐어요. 왕태양은 마법 망원경을 품에 꼭 안았어요. 부글부글 끓어 올라 넘치려던 화가 조금은 누그러졌지요. 이날은 붉게 물든 하늘이 불타는 것처럼 보이는 날이었어요.

그날 저녁, 왕태양은 태연하게 텔레비전에서 하는

만화 영화 '마법 탐정단'을 보며 깔깔거렸어요. 하지만 눈치가 빠른 엄마를 속일 수는 없었어요. 엄마는 왕태양의 표정만 봐도 무슨 일이 있다는 것을 귀신같이 알았지요. 눈치가 엄청 빨랐거든요. 엄마가 수상하

다는 눈빛으로 왕태양을 바라봤어요.

"너, 무슨 일 있지?"

왕태양은 텔레비전에서 눈을 떼지 않았어요.

"없는데!"

"아닌데 있는데?"

그제야 왕태양은 웃음을 거두고 엄마를 봤어요.

"마법 망원경으로 봤을 거 아냐. 말 안 할래."

왕태양 말에 엄마는 벙찐 표정이 되었어요. 다 봤으니 사실대로 말하라고 하면 쭈뼛대며 술술 말하던 왕태양이었거든요. 엄마는 조용히 스마트폰을 챙겨 안방으로 들어갔어요.

불타는 태양

왕태양이 교실에 들어서자, 구소라와 정유찬이 달려왔어요. 성격 급한 구소라가 다짜고짜 물었어요.

"어떻게 됐어? 엄마한테 물어봤어?"

왕태양은 실실 웃으며 대답했어요.

"아니. 나한테 다 생각이 있어. 그러니까 너희도 말하지 말고 꼭 비밀 지켜."

어제와 달리 여유 있는 왕태양 모습에 구소라가 정유찬을 봤어요. 정유찬도 모르겠는지 어깨만 으쓱거

렸어요.

왕태양은 수업이 빨리 끝나기만을 기다렸어요. 엄마를 어떻게 골려 줄지 궁리하느라 쉬는 시간에는 놀지도 않았어요. 선생님이 "태양이 아픈 건 아니지?" 하고 물어볼 정도였지요. 종례가 끝나고 왕태양은 후다닥 가방을 챙겨 나왔어요. 교문을 벗어나자마자 어김없이 스마트폰이 울렸어요. 예전에는 벨만 울리면 짜증이 났는데 오늘은 달랐어요. 왕태양은 한쪽 구석으로 달려가 마법 망원경을 꺼내 들고 전화를 받았어요.

"왕태양, 학교 끝났지?"

"엄마, 나도 마법 망원경으로 엄마 보고 있어."

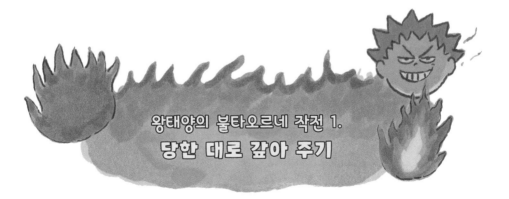

왕태양의 불타오르네 작전 1.
당한 대로 갚아 주기

왕태양은 자신에게도 마법 망원경이 생겼다고 말했
어요.

"무슨 뚱딴지같은 말이야?"

엄마의 핀잔에 왕태양은 본 대로 말했어요.

"진짜야. 엄마 지금 커피 마시고 있잖아."

엄마는 화들짝 놀라서 마시던 커피를 내뿜었어요.
그 바람에 하얀 셔츠에 커피가 흘렀지요. 당황한 엄마

가 귀에서 전화기를 떼고 한참을 쳐다봤어요.

"엄마, 커피 흘리면 어떡해? 조심 좀 하지. 나보고 흘리지 말라면서 엄마도 잘 흘리네."

무안해진 엄마는 일부러 더 딱딱하게 말했어요.

"흠흠흠! 농담 그만하고. 태양아, 엄마 조금 이따 회의 들어가야 해. 돌아다니지 말고 집으로 가!"

엄마는 서둘러 전화를 끊고 화장실로 달려갔어요. 옷에 묻은 커피를 닦아 냈지만 찝찝함은 가시지 않았어요. 왕태양 때문이었지요.

왕태양은 속이 좀 후련했어요. 망원경을 가방에 넣고 돌아서는데 언제 왔는지 구소라와 정유찬이 서 있었어요.

"너, 너, 너희들 언제 왔어?"

"방금. 거기서 뭐 해?"

구소라의 물음에 왕태양은 시선을 피하며 말끝을 흐렸어요.

"그냥. 아무것도······."

구소라가 말했어요.

"태양아, 모래 놀이터 가자."

"모래 놀이터? 오늘은 안 돼. 너희들끼리 놀아."

놀지 못해서 안달했던 왕태양이 그냥 집으로 간다니 이상한 일이었어요. 정유찬이 말했어요.

"너희 엄마 이제 마법 망원경도 없잖아. 놀다가 학원 시간 맞춰서 가면 되지."

"집에서 할 일이 있거든. 내일 만나."

왕태양은 인사도 하는 둥 마는 둥 하고 도망쳤어요. 더 있다가는 구소라와 정유찬에게 모두 다 말해 버릴 것 같았거든요. 왕태양은 신발주머니를 뺑뺑 돌리며 집으로 뛰어갔어요. 구소라와 정유찬은 그런 왕태양의 뒷모습을 낯설게 쳐다보고 있었어요.

집에 도착한 왕태양은 마법 망원경으로 엄마를 보기 시작했어요.

회의실인가 봐요. 사람들이 가운데가 뻥 뚫린 기다란 책상에 빙 둘러앉았어요. 엄마 회사 친구인 민경 이모도 있었어요.

책상 밑으로 삐죽 나온 엄마의 신발이 빠르게 흔들렸어요. 왕태양이 다리를 떨면 복 나간다며 허벅지를 콕콕 찌르곤 했는데, 인제 보니 엄마도 왕태양이랑 같은 버릇이 있었어요.

왕태양이 전화를 걸자 엄마가 다른 사람들의 눈치를 보며 작은 목소리로 전화를 받았어요.

"왜? 태양아."

"엄마, 참! 나보고 다리 떨지 말라면서. 엄마도 다리
그만 떨어."

엄마가 고개를 숙여 다리를 내려다봤어요. 엄마도
모르게 다리를 떨고 있었던 거예요. 엄마는 그런 일
없다는 듯 다리를 가지런히 모으고는 침착하게 말했
어요.

"무슨 엄마가 다리를 떤다고. 엄마 이제 회의 시작
해. 끊자."

그때 머리가 희끗희끗한 할아버지와 사람들이 회의

실로 들어왔어요. 엄마가 벌떡 일어나 앞으로 나갔어
요. 회의가 시작되려는지 불이 꺼지고 하얀 스크린에
파란빛이 비치자, 글씨가 쓰여 있는 화면이 나왔어요.
엄마는 화면의 내용과 사람들을 번갈아 쳐다보면서
말을 했어요. 집에서 보는 모습과는 전혀 다른 모습이
었지요. 회의는 계속되었어요. 태양이에겐 너무 지루
한 시간이었어요. 어느샌가 꾸벅꾸벅 졸다가 사장님
목소리에 잠에서 깼어요.

"사무실에 시시티브이를 설치하기로 했습니다. 여

러분의 안전을 위한 것이니 이해 부탁드립니다. 실장님은 직원들이 불편한 게 없는지 시시티브이를 잘 살펴보시기를 바랍니다."

실장님이라는 남자가 고개를 끄덕였어요. 여기저기서 웅성거리는 소리가 났지만 나서서 말하는 사람은 없었어요. 회의가 끝나고 민경 이모가 엄마에게 말했어요.

"왜 시시티브이를 설치한다는 거지? 사무실에 위험한 게 뭐가 있다고?"

엄마가 코끝을 찡그렸어요. 못마땅할 때 나오는 엄마의 표정이지요.

"일 하나 안 하나 감시하려는 거 아니겠어."

민경 이모가 입을 삐죽대며 말했어요.

"정말 너무하네. 우리가 뭐 죄인이야? 감시하게?"

"암튼 두고 보면 알겠지."

"저녁에 스트레스 풀 겸 쇼핑하고 저녁 먹을까?"

민경 이모의 말에 엄마의 표정이 확 밝아졌어요. 좋다는 표현으로 손가락으로 동그라미를 만들었어요. 엄마는 어딘가로 전화를 했어요. 아빠였어요. 엄마는 아빠에게 저녁을 먹고 온다며 왕태양이랑 밥을 차려 먹으라고 했어요.

왕태양 얼굴이 붉게 활활 타올랐어요. 왕태양이 놀고 싶어 할 때는 안 된다고 했으면서 엄마는 놀고 온대요. 당장 엄마에게 전화를 걸었어요.

"엄마, 오늘 일찍 와."

엄마는 고민하는지 뜸을 들이다가 이렇게 말했어요.

"태양아, 엄마 오늘 야근이야."

왕태양은 화가 났어요. 엄마가 거짓말까지 할 줄은 몰랐거든요. 왕태양의 콧구멍에서 뜨거운 김이 폴폴 났어요. 엉덩이에 뿔도 날 것 같았어요. 못된 송아지 엉덩이에 뿔이 나는 건 모두 어른들 탓이에요. 어른들이 화나게 하니까 못된 송아지가 되는 거였죠.

"거짓말. 내가 마법 망원경으로 다 보고 있거든. 민
경 이모랑 저녁 먹을 거라며!"

엄마가 당황해하며 말했어요.

"아빠한테 들었어? 그런데 마법 망원경이 어딨다고

자꾸 마법 망원경 타령이야."

"마법 망원경 엄마도 있다며? 나도 진짜로 있다고!"

"알았어. 집에 가면 되잖아."

엄마가 뚱한 목소리로 대답했어요. 왕태양은 십 년
묵은 체증이 쑥 내려가는 것 같았어요.

태양이 붉어지면 생기는 일

일하던 엄마는 스마일 인형 위치 추적 앱을 켰어요.
왕태양이 어디쯤 있나 궁금했거든요. 왕태양 위치를
확인한 엄마가 눈을 비볐어요. 잘못 봤나 싶어서요.
몇 번을 다시 보고 앱을 새로고침 했지만 역시나 똑같
았어요.

학교, 학원, 놀이터 주변을 빙빙 돌던 파란 점이 한
시간이나 떨어진 곳에 찍혀 있는 거예요. 그곳은 사람
이 북적대는 시내 한복판이라 엄마도 약속이 있을 때

어쩌다 한 번씩 찾는 곳이었지요.

　엄마는 무슨 일인가 싶어 왕태양에게 바로 전화를
했어요. 그런데 왕태양 전화가 꺼져 있는 거예요. 엄
마는 그때부터 허둥대기 시작했어요. 별의별 생각이
다 떠올랐지요.

엄마는 위치 추적 앱을 보면서 왕태양에게 계속 전화를 걸었어요. 여전히 꺼져 있다는 멘트만 나왔어요. 엄마는 더는 안 되겠는지 가방을 챙겨 들었어요. 위치 추적 앱에 찍힌 곳으로 가 볼 요량이었어요.

그러다 혹시나 하는 마음에 태권도 학원으로 전화를 했어요. 원래 이 시간은 도장에 있어야 하거든요.

"태권도장입니……."

말이 채 끝나기도 전에 엄마가 떨리는 목소리로 물었어요.

"혹시 저희 태양이 도장에 왔나요?"

사범님 대답을 기다리는 잠깐이 일 년 같았어요.

"네, 태양이 어머니. 태양이 지금 수업 중인데요."

도장에 있다는 말에 엄마는 다리에 힘이 풀렸어요. 얼마나 걱정했던지 이마에서는 진땀이 흘렀지요. 엄마가 대답이 없자 사범님이 재차 물었어요.

"태양이 어머니, 무슨 일 있으세요?"

엄마가 마음을 가다듬고 차분히 대답했어요.

"태양이 스마트폰이 꺼져 있어서요. 끝나면 전화하라고 전해 주세요."

태권도 수업을 마친 왕태양이 엄마에게 전화를 걸었어요.

"엄마, 왜 전화했어?"

해맑은 왕태양 목소리에 엄마는 안심이 되는 게 아니라 화가 뻗쳤어요. 꽥 소리를 질렀지요.

"왕태양, 너 스마일 인형 어쨌어?"

"스마일 인형? 어디서 떨어졌나 봐. 없더라고."

"왕태양, 스마일 인형 잃어버렸으면 말했어야지!"

엄마가 버럭 화를 내자 왕태양이 시치미를 떼며 물었어요.

"엄마, 스마일 인형 그냥 인형 아니야? 스마일 인형이 그렇게 중요한 거야?"

그러자 엄마가 말을 돌렸어요.

"뭐 그런 건 아니지. 일단 됐어. 태권도 끝나면 집에 가 있어."

"알겠어. 이따 봐."

전화를 끊은 왕태양 얼굴에 짓궂은 미소가 걸렸어요.

"작전 성공!"

두 시간 전에 있었던 일이에요. 태권도장 앞에서 구소라의 동생 구보라를 만났어요.

"오빠, 왕태양 오빠."

구보라는 얼마 전부터 왕태양이 다니는 태권도장에 다니기 시작했어요. 왕태양이 구보라에게 물었어요.

"너 여기서 뭐 해?"

"엄마 기다려. 엄마가 데리러 올 거야."

구보라는 묻지도 않았는데 자랑하듯 말했어요.

"나 엄마랑 지하철 타고, 버스 타고 할머니 집 간다. 언니는 안 가는데 나만 간다. 좋겠지?"

"그래, 잘 다녀 와."

이렇게 말하고 학원으로 들어가던 왕태양이 걸음을 멈췄어요. 번뜩 기가 막힌 생각이 떠올랐거든요.

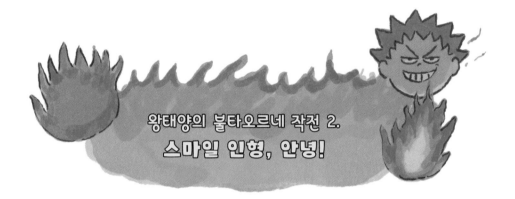

왕태양의 불타오르네 작전 2.
스마일 인형, 안녕!

왕태양은 다시 돌아와 구보라에게 말했어요.
"보라야, 너 이 스마일 인형 가질래?"
"진짜? 정말 나 줄 거야?"
구보라가 눈을 반짝이더니 팔짝팔짝 뛰며 좋아했어요. 구보라도 다래처럼 스마일 인형이 갖고 싶었거든요.
"너 할머니 집 갈 때 엄마 잃어버리면 안 되잖아. 이

80

거 꼭 갖고 있어. 그 대신 엄마한테 말하거나 보여 주면 안 돼."

"왜?"

당황한 왕태양은 대충 얼버무려 말했어요.

"어, 그러니까, 그게 우리 엄마가 돌려 달라고 하면 안 되잖아. 알았지?"

구보라는 고개를 끄덕이며 스마일 인형을 점퍼 주머니에 넣었어요. 헤실헤실 웃음이 떠나지 않았지요.

구보라와 엄마는 지하철을 두 번 갈아타고 버스 정류장에 도착했어요. 엄마는 할머니 집으로 가는 버스 번호판을 보기 위해 목을 길게 빼고 두리번거렸지요. 그사이 구보라는 주머니 속에 있는 스마일 인형이 보고 싶어 미칠 지경이었어요. 구보라는 엄마 눈을 피해 주머니 속에서 스마일 인형을 슬쩍 꺼냈어요. 그때였어요.

"보라야, 버스 왔어."

엄마가 구보라의 손을 잡아끌었어요. 구보라는 스마일 인형을 급히 주머니 속으로 쑤셔 넣었어요. 스마일 인형은 반만 주머니에 걸쳐져 밖으로 삐져나왔어요. 구보라가 뛰자 아슬아슬하게 매달려 있던 스마일 인형이 툭 떨어졌어요. 그날 스마일 인형은 구보라와 함께 버스를 타지 못했어요.

왕태양도 그랬을까?

학교에서 왕태양은 화장실에서 오줌을 누고 손을 씻으려다 화들짝 놀라 손을 빼냈어요. 그동안 엄마에게 속은 게 억울해서 당분간 손을 안 씻겠다고 맹세했거든요. 그런데 어느새 버릇이 되었나 봐요.

"휴, 하마터면 손 씻을 뻔했네."

왕태양은 마른 손을 옷에다 벅벅 문지르며 화장실을 나왔어요. 그때 구소라가 왕태양을 불렀어요.

"태양아, 학교 끝나고 너도 축구 할 거지?"

정유찬이 끼어들어 구소라에게 타박하듯 말했어요.

"태양이가 축구 빠지는 거 봤어? 당연한 걸 물어보냐."

왕태양이 시큰둥하게 대답했어요.

"난 못 해. 너희들끼리 해."

그러곤 구소라와 정유찬을 스쳐 지나갔어요.

"맙소사!"

구소라가 믿을 수 없다는 표정을 짓더니 툴툴거렸어요.

"쟤 왕태양 맞아?"

서운한 건 정유찬도 마찬가지였어요.

"피, 마법 망원경으로 감시당할 때보다 놀 시간이 더 없어."

왕태양은 마법 망원경에 정신이 팔려 구소라와 정유찬도 뒷전

이었어요. 학교가 끝나면 꽁지 빠지게 집에 가기 바빴

지요. 그리고 마법 망원경을 꺼내 들었어요.

　엄마와 민경 이모가 복사기 앞에서 이야기 중이었

어요. 엄마가 왈칵 짜증을 냈어요.

　"못 살겠어 정말!"

민경 이모가 주변을 살피고는 말했어요.

"이 실장은 일은 안 하고 시시티브이만 보나 봐."

엄마가 빈정대듯 말했어요.

"사장님이 시시티브이 보는 일을 시켰으니, 그것도 일이라면 일이겠지."

"안전을 위한다는 건 순전히 핑계야. 인권 침해라고. 화장실 가는 것도 눈치가 보여서 원……."

엄마가 답답한지 주먹으로 가슴을 퍽퍽 치며 말했어요.

"옴짝달싹 못 하게 하니까 숨통이 턱턱 막혀. 왜 믿지를 못하는 거니?"

"신뢰가 없어서 그런 거지 뭐."

민경 이모의 푸념 섞인 말에 엄마가 콧방귀를 꼈어요.

"쳇, 깐깐하고 의심 많은 나도 이렇게는 안 했어……."

엄마는 말하다 말고 멈췄어요. 뒤통수를 한 대 얻어

맞은 것 같은 표정이었지요. 눈꺼풀만 천천히 끔뻑였어요. 민경 이모가 엄마에게 말했어요.

"또 한 소리 듣기 전에 일어나 하자."

엄마는 멍하게 우두커니 있었어요. 민경 이모가 정신 차리라며 엄마 눈앞에서 손을 휘저었어요. 한 번 나간 정신은 쉽게 돌아오지 않았어요.

엄마 마음이 어떨지 왕태양만큼 잘 아는 사람은 없을 거예요. 그래서인지 더는 마법 망원경을 보고 싶지 않았어요. 그때 구소라와 정유찬이 보낸 문자 메시지가 도착했어요.

> 왕태양, 마법의 망원경도 없는데 왜 우리랑
> 놀 시간이 없는 거니?

왕태양은 아차 싶었어요. 엄마에게 마법 망원경이 없으면 신나고 즐겁게 놀 줄 알았는데 마찬가지였으니까요. 여전히 왕태양은 마법 망원경 감옥에 있었던 거예요.

왕태양은 마법 망원경을 가방에 넣고 밖으로 뛰쳐나갔어요. 엘리베이터를 기다릴 시간도 없어 계단을 두세 칸씩 뛰어서 허겁지겁 내려갔지요. 먼저 운동장으로 달려갔어요. 축구를 하자던 친구들 말이 떠올랐거든요. 그런데 운동장은 텅 비어 있었어요. 왕태양은 친구들을 빨리 만나고 싶었어요. 구소라에게 전화를 했지만 받지 않았어요.

"마법 망원경으로 보면 아이들이 어딨는지 알 수 있을 텐데……."

마법 망원경이라면 친구들이 어디 있는지 빠르게 찾아 줄 테지만 왕태양은 그러고 싶지 않았어요. 힘들더라도 놀이터마다 친구들을 찾아다녔어요.

마지막으로 왕태양은 모래 놀이터로 갔어요. 친구들은 그곳에 모여 있었어요.

"소라야, 유찬아, 얘들아 같이 놀자."

왕태양의 목소리에 아이들이 뒤를 돌아봤어요. 왕태양이 웃으며 손을 흔들었어요. 구소라와 정유찬도 어서 오라고 손짓했지요. 얼굴만 보면 언제 싸웠냐 싶게 웃음이 빵 터지는 친구잖아요. 더 이상의 말은 필요 없었어요.

마음의 망원경

왕태양 엄마는 다른 날보다 일찍 퇴근했어요. 오늘
따라 왕태양이 더 보고 싶었거든요. 버스에서 내려 서
둘러 집으로 향하는데 스마트폰 벨이 울렸어요. 정유
찬 엄마였어요. 엄마는 반갑게 전화를 받았어요.

"유찬 엄마, 오랜만이죠?"

"태양 엄마 요새 바쁜가 봐요? 통화하기 힘드네요."

"아, 회사에 일이 있었는데 잘 해결되었어요."

"우리 유찬이가 그러는데요. 글쎄 요즘 태양이가……."

속닥속닥

소곤소곤

엄마가 정유찬 엄마의 말을 끊었어요.

"이제 유찬이에게 들은 태양이 이야기 안 해 주셔도
돼요."

유찬 엄마가 의아해하며 말했어요.

"마법 망원경으로 본 것처럼 하려면 요즘 태양이가
어떤지 알고 있어야죠."

96

"저 이제 마법 망원경 필요 없어요."

엄마는 마법 망원경 대신 마음으로 왕태양을 보겠다고 다짐했거든요.

"유찬 엄마, 자세한 건 만나서 말할게요."

정유찬 엄마는 고개를 갸웃대며 전화를 끊었어요. 그런데 갑자기 오싹한 기분이 느껴지면서 등골이 서늘해졌어요. 정유찬 엄마는 설마 하는 마음으로 천천히 고개를 돌렸어요. 어느새 등 뒤에 정유찬이 서 있지 뭐예요. 바로 터질 것 같은 폭탄처럼 말이죠.

"엄마!"

"유찬아, 그게……."

"내가 스파이였어? 학교에서 있었던 일 말해 보라고 꼬신 게 이러려고 그런 거였어?"

"그게 아니라 엄마는 너희가 걱정돼서……."

정유찬은 방바닥에 철퍼덕 주저앉아 울음을 터트렸어요. 그런 정유찬을 달래느라 정유찬 엄마는 진땀을 뺐지요. 당분간 정유찬 엄마는 정유찬이 하자는 대로 해야 해요. 평소에는 순하디 순한 아들이지만 한번 화가 나면 정말 무섭거든요.

아이들이 모두 돌아가고 왕태양은 모래 놀이터로 다시 왔어요. 그리고 모래밭으로 들어가 구덩이를 팠어요. 어떻게 된 일인지 부드러운 푸딩처럼 금방 구덩

이가 만들어졌어요. 왕태양은 가지고 나온 마법 망원
경을 꺼내 그곳에 묻고 모래를 덮었어요.

"잘 가라. 마법 망원경."

그러곤 발로 꾹꾹 눌렀어요. 뻥 뚫렸던 왕태양 마음

도 꽉 채워진 기분이었어요. 모래밭에 묻고 온 게 마법 망원경만은 아니었지요.

현관문을 열고 들어서는데 엄마 신발이 보였어요. 엄마가 빙그레 웃으며 왕태양을 반겼어요.

"태양이, 왔니?"

왕태양은 손을 씻고 나와서 엄마에게 당당히 말했어요.

"엄마, 나 모래놀이하고 왔어."

엄마는 모래놀이라면 질색을 했어요. 전염병이 옮을 수도 있다고요.

"난 모래놀이가 좋아. 무너지면 또 쌓으면 되고, 마음에 안 들면 다시 만들면 되니까."

왕태양은 자신의 생각을 당당하게 말했어요.

"우리 태양이가 언제 이렇게 훌쩍 컸을까……."

엄마 눈에 눈물이 핑 돌았어요. 엄마는 왕태양과 새로운 모래성을 쌓고 싶었어요. 엄마가 머뭇거리다 말

했어요.

"태양아, 미안해."

"뭐가?"

"음, 모래 놀이 못 하게 한 거. 그리고 태양이 감시하고, 잔소리하고, 믿어 주지 않은 거. 마법 망원경으로 보고 있다는 말도 사실 거짓말이었어."

왕태양은 짐짓 화난 표정으로 엄마를 바라보다 웃음을 터트렸어요. 엄마와 왕태양은 서로를 꼭 안아 주었어요. 한 줄기 햇빛이 엄마와 왕태양을 따뜻하게 감싸 안았어요.